o Menino e o Rio

Marcone Rocha

Uma celebração a vidas extraordinárias

o Menino e o Rio

lura

Copyright © 2025 por Lura Editorial.
Todos os direitos reservados.

Gerentes Editoriais
Roger Conovalov
Aline Assone Conovalov

Coordenador Editorial
André Barbosa

Revisão
Hanne Krempi
Gabriela Peres

Diagramação
Manoela Dourado

Capa
Allora Artes

Todos os direitos reservados. Impresso no Brasil.
Nenhuma parte deste livro pode ser utilizada, reproduzida ou armazenada em qualquer forma ou meio, seja mecânico ou eletrônico, fotocópia, gravação etc., sem a permissão por escrito da editora.

DADOS INTERNACIONAIS DE CATALOGAÇÃO NA PUBLICAÇÃO (CIP)
(Câmara Brasileira do Livro, SP, Brasil)

Rocha, Marcone
  O Menino e o Rio / Marcone Rocha. -- 1. ed. -- São Caetano do Sul, SP. : Lura Editorial, 2025.

  136 p.; 14 x 21 cm

  ISBN: 978-65-5478-171-8

  1. Poesia. 2. Literatura brasileira. I. Rocha, Marcone. II. Título.

CDD: B869.1

Índice para catálogo sistemático
I. Poesia : Literatura brasileira
Bibliotecária Janaina Ramos – CRB-8/9166

[2025]
Lura Editorial
Alameda Terracota, 215, sala 905, Cerâmica
09531-190 – São Caetano do Sul - SP – Brasil
www.luraeditorial.com.br

*Esta obra é dedicada à
Professora Luzia Maria Pedrosa*

SUMÁRIO

10 Breve carta

O ENCANTO DAS PALAVRAS

15 Primeiro ato
17 Fervedouro
18 Luzia
19 Chuva
20 Bailarina
22 Sonhar
23 Quadro
24 A brincar
25 Azul
26 Janela
27 Mel
28 Cantar
29 Talento
30 Quero ser grande
31 Aldeia
32 Eu não sei rimar
33 Aquarela
34 Bolha de sabão
35 Céu estrelado
36 Índia morena
37 Entardecer
38 Cura das águas
39 Filho da terra
40 Menina
41 Doce infância
42 Eu, arte
43 Pipa
44 Riacho
46 Música
47 O nascer de uma flor
48 Verde terra
49 O menino e o voo

O DESPERTAR DA JUVENTUDE POÉTICA

53 Segundo ato
55 Sereia de água doce
56 Doce lembrança
57 Sonhos
58 Água
59 Amor de Carnaval
60 Minas Gerais
61 Jardim
62 Olhar
63 Toque
64 Lá nas estrelas
65 Te vejo
66 Eu te prometo
67 Belos lábios
68 Meio-claro
69 Alerta
70 De sol a sol
71 Água que leva
72 Solidão
74 Eu me perdi
75 Nada sou
76 Seiva
77 Compor
79 Inevitável
80 Loucura
81 Pecado
82 Abraço
83 Te espero
84 Meus pensamentos
85 Vem do céu
86 Porto
88 Corredores sombrios
89 Secreto
90 Dia de festa

O SILÊNCIO DOS POETAS

- 95   Terceiro ato
- 97   Medo
- 98   Reinventar
- 99   Amor
- 100   Retilíneo
- 101   Linhas
- 102   Café
- 103   Um lindo acorde
- 104   Tempo
- 105   Eu me lembro
- 106   Árido passado
- 107   Dia Santo
- 108   Quando eu não era ninguém
- 109   A moça no vagão
- 110   Quem sou eu?
- 111   Doce senhora
- 112   Imperfeito
- 113   Velha estrada
- 114   Me vejo
- 115   Guardado em mim
- 116   Santa Bárbara
- 118   Lobo
- 119   Quando fui rio
- 120   Turva visão
- 121   Forasteiro
- 122   Memórias
- 123   O que vi da vida
- 124   Penumbra
- 125   Mundo real
- 126   Eu fui feliz
- 127   Lúdico
- 128   O poeta e a mentira
- 130   Coração pirata
- 131   Minha arte
- 132   Sou um poeta
- 134   O trem da minha vida

BREVE CARTA

Querida tia Luzia,

Ao folhear as páginas da minha memória, gosto de visitar o mesmo capítulo, repleto de cores, rimas e versos. E, neste capítulo, a senhora ocupa o lugar de destaque, como a mestra que me ensinou a amar as palavras, a encontrar a magia nas entrelinhas e a voar nas asas da imaginação.

Recordo-me das suas aulas, nas quais paredes ganhavam vida com as poesias que recitávamos em coro, e rimas e métricas se entrelaçavam, tecendo um tapete de sonhos sob os nossos pés infantis. Ali aprendi que a poesia não existe apenas nos livros empoeirados das bibliotecas, mas está presente em cada gesto, em cada olhar, em cada suspiro de vida.

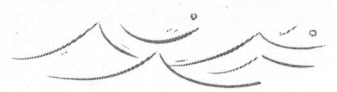

Seus ensinamentos ultrapassaram os limites da sala de aula, adentrando fundo no meu ser, moldando-me não apenas como estudante, mas como ser humano. A senhora plantou sementes de criatividade, sensibilidade e amor pela arte que florescem até hoje, colorindo os meus dias com as mais belas molduras da alma.

Quero expressar minha profunda gratidão por tudo o que fez por mim e por tantos outros corações que tiveram a sorte de cruzar o seu caminho. Que sua luz continue a brilhar, inspirando gerações futuras a descobrirem a beleza e a profundidade das palavras.

Obrigado por tudo...

CAPÍTULO

1
O encanto das palavras

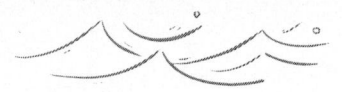

PRIMEIRO ATO

Em meados dos anos 1990, precisamente em 1996, ainda menino, no calor de fevereiro, adentrei aquela sala de aula, cenário que mudaria minha vida. Era aluno da terceira série primária da Escola Estadual Joaquim Bartholomeu Pedrosa, em minha terra natal, Fervedouro/MG. Nós, crianças, caminhávamos para o que compreendo ser um renascimento. Na porta da sala de aula, havia uma fada, uma criatura mágica de um mundo encantado que abraçava e acolhia cada um de nós como um membro que retornava para casa. No recanto acolhedor daquela sala de aula, onde a luz suave da manhã passava pelas janelas, a magia dos primeiros versos se revelava aos olhos curiosos de crianças aprendizes. Sob os cuidados afetuosos da Professora Luzia, os versos ganhavam vida, transformando-se em pontes para mundos desconhecidos. Entre risos de encantamento, explorávamos segredos das palavras como arqueólogos em busca de tesouros enterrados no solo fértil da linguagem. Cada estrofe era uma descoberta, como uma pequena pérola brilhante que iluminava a mente e aquecia o coração.

A poesia, musa etérea, foi apresentada como uma amiga íntima, uma confidente que acolhia nossos sonhos mais secretos e os transformava em poemas melódicos. Sob a orientação amorosa da Professora Luzia, nós, alunos, mergulhávamos nas profundezas do nosso próprio ser, dando voz a emoções que habitavam nossas almas.

Nessa jornada de autodescoberta, a sala de aula tornou-se um santuário de criatividade, onde os jovens poetas cultivavam suas asas da imaginação e voavam rumo aos céus da expressão artística. E, assim, entre sonhos e realidade, nasce uma nova geração de trovadores, prontos para encantar o mundo com suas palavras.

FERVEDOURO

Águas de minha terra, fonte de inspiração.
Em sua pureza, encontro a redenção.
Constante renovação em cada maré,
em cada estação.
Em sua essência, descubro a verdadeira razão.

Oh, Fervedouro, símbolo de pureza e vida,
Tu és a essência da minha terra querida.
Tuas águas fluem em um permanente encanto,
E, em cada nascer, ecoa meu canto.

Águas de minha terra, pureza em seu fluir
Renovam a alma, fazendo o coração sorrir.
Refletem a luz do sol, brilho intenso a reluzir,
E em seu movimento contente,
a vida a prosseguir.

LUZIA

Em um mundo mágico de uma sala colorida,
Uma professora, uma fada encantada e querida,
Com voz suave e olhar cheio de encanto,
Desperta sorrisos em cada canto.

Com mãos genuínas, desenha letras no ar,
Transforma o aprender em sonhar.
Seus gestos delicados, como pincéis a dançar,
Pintam quadros de amor que me fazem flutuar.

Entre livros e risos, ela tece doçura,
Como uma linda melodia, cheia de ternura.
Na sua magia, crianças aprendem a voar,
No encanto de suas asas, prontas a sonhar.

CHUVA

No céu, há nuvens e a chuva desce em espirais,
Lava a terra e renova os quintais.
Em cada gota, um segredo a desvendar,
Um convite à alma para se reinventar.

Em cada rua, em cada folha,
um pedido para renascer.
Cada gota que cai é um hino a conceber,
O que é antigo é lavado pelo chão,
Novas sementes germinam com pura paixão.

É na chuva que a vida sereniza seu ciclo,
Lavando as dores, trazendo o milagre do novo.
Em cada gota, um convite para recomeçar,
E na dança das águas,
a alma pode se reencontrar.

BAILARINA

No palco, um mundo de encanto se revela.
A bailarina, leve e bela, dança com aquarela.
Seus passos desenham sonhos na tela
E sua graça é como uma estrela que brilha na janela.

Com sapatilhas que tocam o chão como plumas,
Ela voa com leveza em curvas e espumas.
Cada movimento é uma história que se perfuma
E a plateia se entrega envolta em bruma.

Na ponta dos pés, num leve rodopiar,
A bailarina desliza como uma pena no ar.
Seus movimentos graciosos, num doce balançar,
Encantam o mundo com sua dança singular.

No palco, ela é rainha, é musa, é magia.
E sua dança perdura como uma melodia.
A bailarina é um presente em sua doce sinfonia,
Nos leva além, para onde a alma sorria.
Montanhas

Lá onde os caminhos se esbarram,
Encontro a liberdade que minha alma clama.
Sem rimas, apenas a melodia do vento a caminhar.
Nas curvas das montanhas, encontro meu lugar.

Entre desfiladeiros e cumes que se elevam ao céu,
Sinto a grandiosidade da natureza, um espetáculo sem igual.
Cada curva revela uma história, um segredo a desvendar,
E eu me deixo envolver pela majestosidade desse lugar.

SONHAR

Quando sonho, planto sementes de esperança no jardim da alma, onde os frutos são colhidos nos campos dos possíveis.

Somente no sonhar descubro o infinito poder de transformar os limites da realidade em horizontes de possibilidades sem fim.

QUADRO

Em uma tela em branco, o pincel dança com a primavera.
Cores vivas, sonhos a nascer...
A arte nasce, é hora de viver.
Pintar é dar alma ao vazio,
É transformar o simples em desafio.
Cada traço um começo,
Um artista fiel pincela a vida no negro ao fulgor.
Na obra de arte há sempre amor.

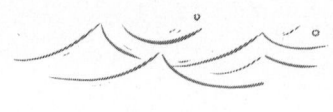

A BRINCAR

Na imensidão do mundo, livre como o vento,
Corre uma criança solta com um sorriso no rosto.
Seus olhos brilham puros como a aurora,
Explorando um universo sem volta.

Em seu mundo de fantasia, tudo é possível.
Ela dança com as borboletas em um incrível balé.
Sem medo do desconhecido ou do que virá,
A inocência é sua guia e jamais a abandonará.

Brinca com as estrelas, pinta o céu de azul,
Seus sonhos são asas que voam de norte a sul.
A infância é seu tesouro, seu reino encantado,
Onde cada momento é um presente, um legado.

AZUL

No azul profundo do horizonte sem fim,
O infinito se revela, o mistério enfim.
Um oceano de sonhos, um céu a se perder
Na imensidão do espaço, onde o frio faz viver.

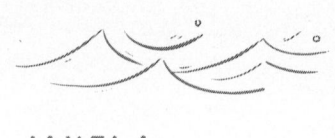

JANELA

Nas paisagens que a janela revela,
Começa a viagem do sonho que se espelha.
Passos que se perdem no chão a caminhar,
Explorando horizontes, sem pressa de parar.

Cada paisagem é um quadro a se contemplar,
Cada andar é um verso no poema do olhar.
Montanhas majestosas, rios a fluir,
Sob um céu infinito, onde o sol vem sorrir.

Na janela da alma, o mundo se expande.
Numa jornada de sonhos, na qual a mente se prende.
Cada paisagem, por mais longe que pareça,
Nos leva à essência, que a alma enaltece.

MEL

No doce mel da memória, encontro o sabor.
Um néctar de lembranças que sinto com fervor.
Entre o doce e o amargo, tenho a saudade.
Uma melodia suave, uma doce verdade.

Permanência nas gotas douradas que escorrem,
Como rios de emoções que o coração socorre.
Pertencimento às colmeias da alma, na qual repousam
O calor dos dias vividos, a doçura que nos acalma.

CANTAR

Eu canto para expressar o que não posso dizer,
Para libertar emoções que querem florescer.
Canto para alegrar o coração que chora
E para acalmar a tempestade que devora.

Canto para unir almas em doce harmonia
E para celebrar a vida com alegria.
Canto para espalhar amor sobre o ar
E para consolar os que precisam encontrar.

TALENTO

Do artista ao cientista, do músico ao poeta,
Cada dom é uma cor em nossa paleta.
Ao compartilhá-lo, o mundo se completa,
Torna a vida mais rica e bela.

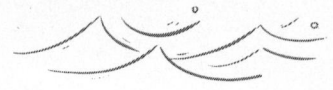

QUERO SER GRANDE

No meu coração de menino, um desejo ardente de crescer rápido.
Eu sonho com o mundo dos grandes, onde a liberdade arde.
Me imagino voando alto como um pássaro,
Explorando o mundo sem destino raro.

Oh, criança! Não tenha tanta pressa,
Cresça devagar, com calma e carinho.
O tempo voa
E quando chegar a hora de ser grande,
Que seja com seu coração intacto de menino.

ALDEIA

Eu nasci numa aldeia entre campos verdejantes e o céu azul.
O sol era meu companheiro, a lua me guiava,
A simplicidade da vida era minha alegria.

Cresci entre risos e cantigas de ninar.
O cheiro da terra molhada era um perfume,
Corria pelos cantos, livre como o vento.

Na aldeia, cada rosto era uma história.
Havia memória em cada rua, e em cada casa,
Dividíamos sonhos, sorrisos e dor.

Na aldeia, aprendi meu valor,
Mesmo quando a vida me levou para longe.
Moro nos cantos da saudade.
A aldeia vive em mim, na eterna felicidade.

EU NÃO SEI RIMAR

Em versos soltos, minha alma se exprime,
Sem a métrica rígida a me prender
Nas asas da liberdade, enfim, eu me animo
E deixo meu pensamento florescer.

Não sou mestre na arte de rimar,
Mas minhas palavras fluem com sinceridade.
Na minha própria liberdade, sem me limitar,
Em busca da mais pura autenticidade

Nas linhas que traço, busco apenas contar
As histórias que habitam meu ser.
Sem a necessidade de rimas encontrar,
Deixo minha essência livremente florescer.

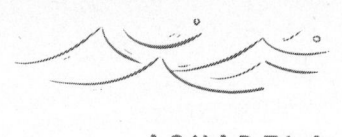

AQUARELA

As diferentes cores da vida são como pigmentos em uma paleta de aquarela.
Cada uma traz seu próprio tom em seu significado.
Na arte da aquarela, as cores se misturam suavemente, criando novos matizes e nuances.
Na aquarela, há beleza na diversidade,
Magia da coexistência pacífica,
Em que cada cor contribui para a complexa tapeçaria da experiência humana.

BOLHA DE SABÃO

É na simplicidade desse brinquedo
Que a infância encontra sua magia.
Um sonho que flutua no ar,
Desafiando o tempo em sua poesia.

Assim como a bolha que um dia se vai,
O sonho também desaparece.
Mas sua essência no coração, jamais,
Pois lá permanece, eterna e em paz.

CÉU ESTRELADO

O céu é uma tela de sonhos sem fim
Onde a imaginação vagueia, leve assim.
Entre tantas constelações, mora a fantasia.
Em cada ponto de luz, uma melodia.

Cintilam estrelas, como versos a brilhar,
Neste poema cósmico a nos seduzir.
E sob este teto de estrelas e esplendor,
Desvendamos segredos de amor.

ÍNDIA MORENA

Em seu olhar, histórias antigas, nunca esquecidas.
Lutas e amores, em tempos imemoriais.
Ela, a própria terra viva em formas convertidas,
Caminha com os ventos, conversa com os animais.

Seus cabelos negros como a noite sem lua
Fluem ao vento como rios em fúria,
Entoando canções sob a luz da rua.
Histórias de sua gente, de coragem e bravura.

Por entre árvores, sua silhueta é arte.
Desliza suave, uma visão de encanto e magia
Morena índia, dona de um amor tão forte,
Que brota da terra, embalado em poesia.

Ela, que pela mata passeia com pés descalços,
Deixa sua marca, história viva, voz que ressoa.
Por rios e árvores, seu caminho traça laços.
Morena índia, mulher, em sua essência mais pura, voa.

ENTARDECER

No horizonte, o sol se despede,
Pintando o céu com tons de saudade e calma.
O entardecer é um momento de serenidade,
Em que a alma se aquieta, e a mente se acalma.

As sombras são conduzidas em ritmo suave,
Enquanto o sol se desfaz em tons dourados.
Um suspiro da natureza, um instante fugidio,
Entardecer, poesia em tons alaranjados.

CURA DAS ÁGUAS

Nas águas que emergem, há um poder de cura,
Limpando as feridas da terra com afeto.
Levam consigo o peso das mágoas, a dor que aprisiona.
No seu nascer constante, renovação se entrelaça e ressoa.

Sob o sussurro das correntezas, um instante de alívio.
A água que leva embora é também a água que renova.
Entre riachos serenos e oceanos em fúria,
A cura das águas é um eterno ciclo precioso.

FILHO DA TERRA

Sou filho da terra e carrego comigo raízes profundas de uma história milenar.

Sinto uma conexão íntima com o solo que me sustenta e nutre.

Pertenço à terra e abraço a essência da natureza, reconheço que sou parte de um ciclo infinito de vida e renovação.

Sou como uma árvore com raízes fortes e firmes: estou enraizado na terra, mas ergo meus galhos em direção ao céu, busco alcançar sonhos e aspirações.

Nessa dualidade entre enraizamento e crescimento, encontro minha força e minha verdadeira identidade como filho desta terra.

Em cada semente que planto, em cada passo que dou, deixo minha marca sobre esse sagrado chão.

Ser filho da terra é maior do que uma conexão física, é um laço espiritual que me une ao mundo natural.

Sigo adiante, honrando minha herança, caminhando com respeito e solenidade à mãe que me acolhe e sustenta.

MENINA

Minha menina, não cresça tão rápido assim.
Deixe o tempo suspenso em um jardim,
Brinque com as flores, dance ao luar,
Deixe a infância te abraçar e levar.

Não se apresse em ser grande, minha flor.
Há um encanto especial em cada cor.
Deixe que a inocência te guie, menina,
E mantenha viva a chama divina.

A vida adulta vem com seu peso,
Mas agora é hora de sonhar sem tropeço.
Então, menina, não cresça tão rápido, por favor.
Deixe que sua pureza seja sua maior flor.

DOCE INFÂNCIA

Na rua, o menino corre sem destino,
Livre como o vento, brinca no seu caminho.
Sem rédeas, sem amarras, sua vida é solta,
Explorando o mundo, descobrindo a volta.

Em seu mundo de aventuras, nada o segura.
Salta, corre, pula, na mais pura loucura.
Coleciona pedras, observa os insetos,
Canta com os pássaros, sente-se completo.

Sem preocupação com o tempo ou a razão,
Vive cada momento sem qualquer restrição.
Sua risada é a música do universo a durar.
Na vida solta de menino, a felicidade a reinar.

E que siga assim, livre, sem temor.
A explorar o mundo, com todo seu vigor.
Pois na vida solta de menino, há o encanto
De viver a infância em cada recanto.

EU, ARTE

Nas entrelinhas do destino, desabrocha a essência de quem sou.

Sou a melodia única que reside no meu ser, tecida com os fios do talento que me define.

Em cada passo, manifesto minha autenticidade, como uma estrela brilhando em um céu de infinitas possibilidades.

Sou a pintura incomparável de cores vivas, o verso único de um poema sem fim.

Sou eu, completo e singular, desenhando meu caminho na estrada da vida.

Sou a voz do silêncio, o grito da alma.

A expressão pura de um ser em movimento.

Na sinfonia do universo, minha calma reside no eterno encanto do momento.

PIPA

No vasto azul do céu, a pipa dança,
Leve como os sonhos de um menino a esperar.
Com toque de esperança, sua alma se lança
Na brisa suave, livre a flutuar.

O menino sorri, olhos cheios de encanto,
Vendo sua pipa bailar no firmamento.
É um instante de magia, um doce recanto,
Em que a liberdade é o único argumento.

E lá no alto, a pipa desenha traços,
Como um pássaro livre, sem rumo ou direção.
E o menino, na terra, entre risos e abraços,
Guarda na alma essa doce sensação.

RIACHO

No recanto tranquilo da minha infância, o riacho calmo era meu refúgio sagrado.

Suas águas límpidas espelhavam o céu azul, enquanto eu me debruçava na margem, mergulhado nas lembranças de um tempo em que a pureza reinava no meu coração inocente.

Cada pedra no leito do riacho guardava segredos de aventuras e descobertas, testemunhas silenciosas dos meus passos miúdos e dos sonhos que eu acalentava.

As árvores ao redor contavam histórias antigas, embalando meus devaneios com suas sombras protetoras.

No riacho calmo da minha meninice, eu me banhava na inocência que transbordava meu ser.

Cada gota de água era uma gota de pureza que alimentava minha alma, perpetuando a essência de um tempo em que a magia era real e o mundo era repleto de possibilidades infinitas.

Hoje, mesmo distante daquele riacho sereno, carrego dentro de mim a lembrança da pureza perdida, um tesouro que guardo com carinho em meio às turbulências da vida adulta.

    O riacho calmo de quando eu era menino continua a fluir dentro de mim, como uma fonte inesgotável de esperança e renovação.

MÚSICA

Na trilha sonora de toda a minha vida, a música é como um vento suave que acaricia minha alma, desperta emoções adormecidas e ressoa no meu íntimo.

Como um fluxo de notas, ela permanece entre o morar da razão e desafia os limites da minha compreensão.

Cada melodia é uma repetição da minha trilha, uma trilha sonora que acompanha minhas mais secretas reflexões e me conduz a um estado de transcendência.

Na harmonia das cordas e dos sopros, deparo-me com uma linguagem silenciosa da alma, em que palavras se fundem em um canto sem fim, unindo-me em uma eterna melodia de conexão. Deixo-me envolver pelo poder transformador, no qual a orquestra da vida encontra sua mais nobre expressão.

O NASCER DE UMA FLOR

A vida é um grande jardim, onde o que floresce é o momento.

Há uma rara beleza que transcende a compreensão, uma delicadeza que surpreende até os mais incrédulos. É a flor no espanto da beleza, uma obra-prima da natureza feita com fios de luz e cores magistrais.

Como uma pérola que reluz entre os vários tons de verdes profundos, a flor se ergue em toda a sua majestade, desdobrando cada pétala em um grande espetáculo de graça e harmonia. Seu perfume é música no ar, embriagando os sentidos com sua doçura celestial.

No coração daquela flor, mora o segredo da vida, mora o milagre da criação. Lá a simplicidade se transforma em magnificência. Todas as curvas, cada detalhe, tudo é uma manifestação do que é perfeito, uma breve lembrança da grandeza da criação.

No momento em que meus olhos repousam sobre essa efêmera maravilha, sou tomado pelo rito do espanto. Na presença daquela flor, não encontro somente uma manifestação do que é belo, mas uma conexão com algo maior, uma referência ao mistério da vida.

VERDE TERRA

No verde da terra, na pátria sagrada que chamo de lar, encontro o chão que piso como um altar de pertencimento. Cada folha ao vento, cada raiz que se funde ao solo é um elo que me une à essência primordial deste lugar.

É aqui, neste solo fértil e generoso, que enraízo minhas esperanças e sonhos, cultivo minhas mais preciosas memórias e celebro conquistas grandiosas. É o local em que as histórias dos meus antepassados se unem à minha própria, formando uma teia de conexões que ultrapassa tempo e espaço.

Neste lugar singular, sinto-me parte de algo maior do que eu mesmo, uma peça fundamental no intrincado quebra-cabeça da vida. Pertencer a essa terra é mais do que um simples acaso geográfico; é um laço indissolúvel que une minha alma ao pulsar da natureza e ao permanecer dos que vieram antes de mim.

Honro o verde da terra, a pátria sagrada me acolhe e me inspira, permanece em meu coração o privilégio de pertencer.

Cada pedaço do solo é impregnado com a história e a alma daqueles que chamaram este lugar de lar.

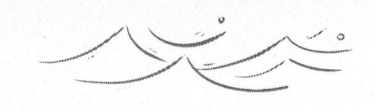

O MENINO E O VOO

O menino aprendeu a voar além dos limites do medo que o impunha. Por muito tempo, foi cativo das amarras invisíveis que no chão o prendiam, temeroso de enfrentar o desconhecido e os desafios que o aguardavam além do horizonte.

Em um momento de epifania, compreendeu que o único obstáculo entre os céus e ele era o medo que habitava dentro de si. Decidiu enfrentá-lo, desafiar suas garras afiadas e suas artimanhas sedutoras.

Foi assim que renasceu das cinzas do receio, como uma fênix majestosa pronta para alçar voo. Com cada batida das suas asas, deixou para trás o peso do passado e se lançou em direção ao infinito, rumo aos horizontes que o aguardavam com promessas de aventuras e descoberta.

E, assim, voou além das nuvens carregadas de dúvidas e incertezas, banhado pela luz radiante da confiança e da determinação. Descobriu que, ao desafiar o medo, encontrou a liberdade verdadeira, aquela que só os corajosos podem conhecer.

No âmago de cada um reside o poder de transcender os medos e alcançar alturas que antes só habitavam na imaginação. Mesmo nas mais escuras noites da alma, a luz da coragem pode guiar o caminho para a liberdade.

CAPÍTULO

2
O despertar da juventude poética

SEGUNDO ATO

À medida que o sol da adolescência se erguia sobre o horizonte, os versos ganhavam novas cores, refletindo paixões e inquietações próprias da juventude. Na sala de aula, agora transportada para uma realidade fria e técnica da faculdade, a mente fervilhava de ideias e o coração pulsava com intensidade. Eu, jovem poeta, reunia-me em círculos de confiança, pronto para explorar os confins da minha própria existência.

Sob a orientação sábia e enraizada da Professora de outrora, mergulhava nas águas turbulentas da adolescência, navegando por mares de incerteza e deslumbramento. Cada palavra era uma âncora lançada ao mar revolto das emoções, cada verso um farol a guiar o caminho da escuridão da descoberta.

A poesia, antes uma amiga íntima, agora se torna uma aliada poderosa na busca pela identidade e pelo sentido da vida. Nas entrelinhas dos poemas, encontrava o som para minhas dúvidas mais profundas, consolo para minhas dores mais agudas e esperança para meus sonhos mais audaciosos.

Entre os corredores da faculdade e os recantos secretos da cidade, eu, um poeta adolescente, traçava meus próprios mapas do mundo, marcando cada página com as pegadas da minha jornada interior. E à medida que me aventurava além das fronteiras do conhecido, descobria que a poesia não era apenas uma forma de expressão, mas, sim, um espelho mágico da alma humana em toda a sua complexidade e beleza.

SEREIA DE ÁGUA DOCE

Nas margens do rio, em que mistérios se escondem,
Uma sereia de água doce canta sob a luz da lua.
Seus cabelos como algas, seus olhos que não mentem,
Encantando os corações com uma melodia só sua.

Entre os segredos do rio, ela é a guardiã,
Conhece cada canto, cada pedra, cada curva.
Sua voz é suave como uma doce canção
E em seu olhar, o mistério da água turva.

As estrelas do céu refletem em seu corpo brilhante,
Enquanto ela flui nas águas serenas e calmas.
E, quem a vê, perde-se em seu encanto radiante,
Rendendo-se ao poder das suas palavras e suas palmas.

Ó, sereia de água doce, musa dos rios e das fontes,
Tua beleza é um tesouro guardado nas águas profundas,
Teus segredos são parte dos mistérios do horizonte,
E em teu encanto eterno, o coração se afunda.

DOCE LEMBRANÇA

No baú das lembranças guardadas com carinho,
Mora um passado doce como o vinho.
Momentos de ternura, risos e calor
Permanecem vivos como um doce sabor.

Na tela da memória, cenas a brilhar,
Como estrelas cadentes a me encantar.
Rostos queridos, abraços a me envolver,
Um passado doce, difícil de esquecer.

Nas trilhas do tempo, sigo a caminhar
Em lembranças doces que continuam a me guiar.
Por entre os dias, elas me aquecem o peito,
Um tesouro precioso guardado no mais secreto leito.

Na estrada suave da memória, guardo com carinho
Doces lembranças que o tempo não pode apagar.
São como pérolas preciosas em um eterno ninho
Que brilham na alma, prontas para me encantar.

SONHOS

No silêncio da noite, de olhos cerrados,
Deixo a mente vagar e os pensamentos soltos.
Em um voo suave pelos céus estrelados,
Limpo a alma, abro portas para outros portos.

Sonhar é esvaziar a mente do passado,
É deixar o pensamento fluir como um rio.
É estar aberto a cada instante encantado,
Com a beleza das possibilidades em desafio.

Nas asas do sonho, voo sem limites.
Exploro terras desconhecidas, mundos sem fim.
E, ao despertar, com os olhos tão cúmplices,
Sinto a brisa suave do novo em mim.

Que cada sonho seja uma jornada
Para limpar a alma, para esvaziar a mente.
Para estar aberto à vida em sua caminhada
E encontrar nas possibilidades o verdadeiro presente.

ÁGUA

Amor que flui como o curso d'água,
Envolvendo-me em seu doce abraço.
Na correnteza da vida, uma sábia mágoa,
Que me lembra do nosso eterno laço.

Neste oceano de afeto e pertencimento,
Sou navegante em busca de calmaria.
Encontro na água o meu alimento
E, no amor, a mais bela sinfonia.

No mar revolto, o amor é como a maré.
Ondas que se erguem em uma poderosa lança.
É a água que acalma, que faz renascer a fé.
Num oceano de emoções, a sua essência me alcança.

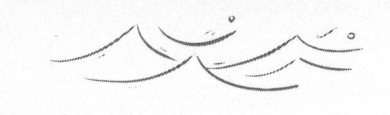

AMOR DE CARNAVAL

Nosso amor nascido na festa foi além da folia.
Sob as luzes coloridas, encontramos a magia.
E mesmo após a última batida, ele permanecia.
Um amor de Carnaval que se tornou nossa poesia.

Pele a pele, num abraço apertado.
No ritmo frenético, um sonho alado.
Dançamos juntos num compasso sem fim.
Nossos corpos se encontraram, assim.

No embalo da música, o coração pulsa.
E na troca de olhares, a alma se expulsa.
É um encontro de almas, uma dança sem par.
No Carnaval, nosso amor vem brilhar.

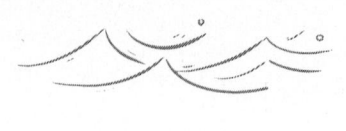

MINAS GERAIS

Cada curva e cada vale é um poema em si.
Esculpida pelo tempo e pela natureza que ali sorri.
Entre o verde exuberante e o céu azul profundo,
As montanhas de Minas revelam seu mundo.

Em suas encostas, segredos se escondem.
Marcas de tempos passados, memórias que não se esvaecem.
Sob o sol que brilha ou a névoa que paira,
As montanhas de Minas são eternas, nossa herança rara.

No desenho das montanhas, o horizonte se abre.
Caminhos sinuosos se entrelaçam na altura.
Entre o verde exuberante, a beleza se saboreia.
E a alma se eleva em pura contemplação que nos clareia.

JARDIM

Na solidão do jardim, desperta a primavera.
Folhas se lançam ao vento em uma música melancólica.
Entre o verde intocável, há um silêncio profundo,
O respirar das folhas, a promessa da paixão,
A primavera em sua beleza singular
Transforma a solidão em um doce morar.

OLHAR

No silêncio de um olhar, reside um universo inteiro.
Sem palavras, sem som,
Apenas o ressonar do sentir.
Ali, na linguagem do olhar,
Tudo pode existir.

TOQUE

No suave toque, o universo se revela.
Um elo invisível em uma singela conexão.
É uma linguagem sem palavras,
Um abraço numa doce comunhão.

O contato que transcende a pele
É o encontro de almas num espaço leve.
É a união dos sentidos num ritmo sem igual,
Que nos leva a explorar o mundo em seu imenso litoral.

No calor do abraço, encontro segurança.
No aperto de mãos, uma promessa, uma aliança.
Cada história é um toque, um capítulo a se escrever.
Um gesto de amor que jamais vou esquecer.

LÁ NAS ESTRELAS

No firmamento sem fim, além dos mares,
As estrelas e os planetas são antigos pilares.
Constelações contam histórias há séculos
Em um tecido celeste, no qual o tempo é múltiplo.

No universo das constelações, há encontros raros,
Como amantes separados que buscam o encontro nos astros clássicos.
O tempo implacável assiste ao balé das estrelas.
E, no meio dessa dança, o amor faz suas viagens belas.

Em cada faísca celeste, há uma história a contar
De amores perdidos e de paixões a reencontrar.
Séculos se passam, mas o amor permanece,
E nos reencontros cósmicos, ele sempre floresce.

TE VEJO

Te vejo no suave balançar das folhas ao vento.
Te sinto na brisa que acaricia minha pele,
Na melodia que embala meu pensamento.

Te percebo nos detalhes mais sutis.
Te noto na serenidade das águas calmas,
Na paleta das cores, no céu ao entardecer.

Te quero não apenas como desejo.
Te quero como a essência que dá sentido.
Te quero como a paz no coração ferido.

EU TE PROMETO

Eu te prometo conquistas diárias.
Passo a passo, lado a lado, sem fronteiras.
Com determinação e coragem renovadas,
Venceremos desafios e alcançaremos bandeiras.

Cada dia será uma nova jornada,
Em que nossos sonhos serão realidade escrita.
Com perseverança, nada será negado.
E as vitórias serão nossa eterna lida.

BELOS LÁBIOS

Belos lábios nos quais repousa o desejo.
Em que se traça o caminho para o beijo.
Em seu toque, a promessa de um novo amanhecer.
No qual os sonhos se encontram e o mundo é esquecer.

MEIO-CLARO

No silêncio das sombras, o homem caminha sozinho.
Carrega o peso do amor que não pode ser seu.
O coração pulsa forte, mas a tristeza o domina.
Como uma chama que reclina, esse amor é proibido.
Um amor que floresce num terreno tão alheio,
Como um sol que não pode tocar a lua à noite.
Entre suspiros e segredos, ele guarda um desejo.
Ainda que na penumbra da noite ele chore sozinho,
Ama em silêncio, feito um poeta de amor clandestino.

ALERTA

Sempre atento à vida, permaneço em um sonho.
Percebo cada cor, cada sombra, cada aroma que permeia o caminho.
Estou presente, plenamente imerso no momento e disposto às maravilhas que o destino me oferece
Encontro beleza nos detalhes.
Estou atento à vida e vivo com intensidade.
Valorizo cada instante como uma dádiva preciosa.

DE SOL A SOL

Costuro um verso que me seduz.
O dia se desfaz em uma dourada melodia.
Cada raio é um traço na tela da cruz,
Cada sombra é uma fagulha de alegria.

Desfeito o sol, a lua assume o trono.
O céu se veste de um manto prateado.
As estrelas brilham como joias no sono
E a noite se desdobra num conto.

De sol a sol, nossa jornada se desenha.
Desfeita a luz, resta a promessa do amanhã.
O sol se desfaz ao poente, e nossos dias seguem o curso.
E, mesmo na noite, quando a vida embaraça,
Um novo dia nos chama.

ÁGUA QUE LEVA

Água que lava e purifica a alma.
Em seu curso leva a calma,
Relava nas suas margens,
Lava as dores, as mágoas, os medos.
Voa rumo ao horizonte para novos enredos.

Nos seus braços, segredos ela carrega.
Histórias antigas e sonhos por realizar.
Leva consigo segredos do passado
Para outros costados, seu rumo é esperado.
Água que leva para outras marés o que eu havia sonhado…

SOLIDÃO

Sem você, o que faço é um vazio sem fim,
Uma estrada sem destino, um céu sem matiz.
Renego a liberdade que me afasta de ti,
Pois, em teu calor, encontro meu país.

Corações separados, mas unidos na saudade.
Cada batida reverbera o elo do amor.
Na distância, nossa cumplicidade
É a força que nos une com fervor.

Sem você, o que sou é apenas metade.
Um pássaro sem asas, um verso sem rima.
Na solidão, minha alma se evade
E a liberdade se torna uma prisão sem clima.

Corações separados, mas ligados pelo fio
Que transcende a distância, o tempo e o espaço.
Na espera, cultivamos o nosso lírio
E juntos renascemos no abraço.

Ainda que não seja agora,
Viveremos nosso amor.
O que nos une é eterno e verdadeiro,
Nos acompanhará para além deste mundo passageiro.

EU ME PERDI

Perdi-me em um labirinto de sonhos,
Buscava pelas trilhas que me levavam para dentro de mim.
Entre o brilho das estrelas, escuridão sem fim,
Procurava a luz que me guiasse e me trouxesse de volta.

No espelho da memória, meu reflexo se desfez.
Entre lembranças e desejos, me perdi outra vez.
Mas no fundo do abismo, onde o medo se desfez.
Encontrei a força que me faltava para seguir outra vez.

Entre sonhos e realidade, me encontro, enfim,
No meio da jornada, em que sou meu próprio fim.
Perdido e encontrado neste labirinto,
Reencontro-me em cada passo, e assim recomeço aqui.

NADA SOU

Quem sou eu?
Vivo em meio a este vasto universo.
Uma fagulha de consciência imersa ao inverso.
Entre todo caos e toda ordem, busco meu verso.
Na existência, sou apenas mais um ser disperso.

Por que estou aqui?
Essa jornada é tão incerta.
Entre risos e lágrimas, entre a dor e a descoberta,
Busco resposta entre as estrelas na noite coberta,
Encontro alento do silêncio nesta grande oferenda deserta.

Qual o sentido desta vida delirante?
Entre desejos e anseios, entre o fim e o começo jaz.
Talvez o sentido esteja na jornada que se faz,
Na busca constante pelo ser, pelo amor e pela paz.

Entre questionamentos e incertezas sem fim,
Desvendo os mistérios deste caminho,
Pois o sentido da vida está na busca, não no fim.
E no amor que compartilhamos, encontramos, enfim.

SEIVA

Na seiva das árvores, corre um líquido ancestral.
Um néctar no qual correm suspiros da terra em sua memória.
Nas veias dessa seiva, segredos de um passado.
E a promessa de um futuro em que a vida se renova.

Como guardiãs do tempo, as árvores erguem-se imponentes.
Testemunhas silenciosas de eras inteiras.
Em cada gota de seiva, traços de todos os povos,
Dos ancestrais que um dia caminharam por esse chão.

A vida se renova na essência desse elixir sagrado.
É um ciclo infinito de renascimento.
Nas folhas que desabrocham, revela-se o legado
De todos os que vieram antes, pelo tempo celebrado.

COMPOR

É a transcendência entre junções de notas e palavras.
É desvendar os labirintos da alma, traduzindo em melodias e versos.
É abrir as portas do coração e deixar fluir toda a emoção,
Transformando-a em arte que perdura pelos séculos.

Compor é despir-se diante do mundo,
Expondo vulnerabilidades e verdades ocultas.
É enfrentar o medo da rejeição e a incerteza do desconhecido.
É experimentar a liberdade e a catarse da criação.

Um mergulho profundo no próprio ser,
Um diálogo íntimo com o universo,
Cada acorde é uma confissão,
Cada palavra é um grito de autenticidade.

Compor é desafiar convenções dando voz aos silenciados.

É um arauto de esperança em um mundo sedento por significado.

Compor é uma missão, um chamado para iluminar sombras.

Compor é uma jornada de transcendência rumo à verdade.

INEVITÁVEL

Nas minhas veias, corre um amor sem fim,
inevitável, visceral.
Como um rio que não pode negar a sua cor,
Em mim esse amor encontra morada.

É como um sol que beija a flor ao amanhecer,
Um sentimento que só cresce, não há como negar,
está em mim.
Um amor que pulsa, não quer ter fim.

É como um vento que dança na tarde serena,
Um laço que me une, me condena.
Meu destino é traçado pelo coração, é inevitável.

Nas minhas veias, correm versos dessa canção.
Celebro o amor a cada dia, a cada verso, a cada fervor.
Vivo com louvor o mais puro amor.

LOUCURA

Minha mente é inquieta, a loucura está ali.
É um labirinto de pensamentos desorientados,
Um universo paralelo em que a razão se perde no escuro.
Na loucura, as fronteiras entre realidade e ilusão se desfazem.
Os sonhos mais profundos emergem como verdades absolutas.
É um mergulho no abismo do desconhecido
No qual a mente ousa explorar territórios proibidos.
Loucura, a face selvagem da alma em busca da sua própria verdade.

PECADO

Quando a alma se cala, o pecado se insinua como uma sombra indelével.
É o proibido dos desejos mais íntimos.
A tentação que convida para o abismo dos impulsos.
Inclino meu corpo, me deixo, me jogo, desafio a razão.
O pecado é o paradoxo humano, a dualidade entre desejo e culpa.
Entre a busca pela liberdade e os grilhões da moralidade.
E mesmo quando sucumbidos, é na redenção que encontramos a luz para transcender os limites da nossa própria natureza.

ABRAÇO

Minha alma está cansada e encontra refúgio no calor do colo. Sinto que um abraço invisível me envolve e acalenta todas as minhas dores e incertezas. Ali, no aconchego do afeto, encontro segurança para descansar, deixo para trás o peso da vida e me entrego ao doce sono da paz interior.

Cansado, deixo-me embalar pela ternura que emana de um colo acolhedor. É como se todas as preocupações se dissipassem, dando lugar a uma sensação de plenitude e contentamento. Protegido pelos braços que me envolvem, encontro a coragem para enfrentar os desafios que o amanhã trará, sabendo que tenho um porto seguro para ancorar minha alma cansada.

É no calor do colo que encontro a essência de um amor verdadeiro, aquele impossível de mensurar em palavras, mas traduzido em gestos de carinho e cuidado. Ali, entre suspiros de conforto, vejo a beleza do simples, encontro naquele abraço o mais puro dos aconchegos.

TE ESPERO

E, assim, mesmo que o presente nos separe, mesmo que os ponteiros do relógio insistam em avançar, carrego a certeza de que nosso encontro está escrito. O toque na pele, a pele rente, é apenas o prelúdio de uma história de amor que atravessa as eras, marcando nossas almas na certeza da eternidade.

Com a fé inabalável de quem sabe que o destino é escrito com palavras de magia e mistério, e mesmo que o caminho seja longo e tortuoso, sei que cada passo nos aproxima da união. Ainda que não seja agora, ainda que não seja nesta vida, eu te espero. Até que nossas almas se encontrem novamente em um abraço celebrado.

MEUS PENSAMENTOS

Meus pensamentos são vias pelas quais minha mente explora o universo, desvendando mistérios e construindo realidades.

São faíscas que acendem o fogo da inspiração, impulsionando-me além dos limites do conhecido.

Na sua incisão, os pensamentos cortam as amarras do conformismo, desafinando-me a sonhar, a criar e a questionar.

São eles que me erguem das profundezas da banalidade, elevando-me à altura das estrelas.

Não os menosprezo, pois são eles que moldam o mundo ao meu redor e são forma ao meu destino.

Que cada pensamento seja o novo, cada inspiração um chamado para a ação.

Em meio à tempestade dos pensamentos, encontro a calmaria da minha verdade interior.

Cultivo-os com cuidado, são as sementes do meu amanhã.

Cada reflexão é uma oportunidade de crescimento, cada inspiração é uma missão para transformar o mundo.

Em suma, abraço meus pensamentos, honro minhas inspirações e deixo que eles me guiem em direção ao meu destino grandioso.

VEM DO CÉU

No silêncio da noite, sob o manto estrelado, uma promessa antiga entoou pelos séculos: "Ele virá!"

Em cada batida do coração e em cada suspiro da alma, esperei. Esperei por toda a vida, como um navegante solitário, aguardando o farol que o guiará para casa.

Os anos passaram como brisas fugazes, mas a chama da esperança permaneceu inabalável, alimentada pela certeza de que o destino reservava algo sublime.

E, então, num instante sagrado, ele veio do céu, como uma estrela cadente deslizando pela curvatura celeste, iluminando meu caminho com sua voz divina.

Em seus olhos, encontrei o reflexo dos sonhos que nutri ao longo da eternidade, e no calor de seu abraço, encontrei o lar pelo qual tanto ansiava.

Pois, finalmente, o tempo se curvou diante da magia do encontro e eu soube que, ao esperar por toda a vida, eu estava apenas preparando o terreno para o milagre da sua chegada.

PORTO

O marinheiro é o navegante dos mares infinitos.
Na busca de horizontes, além do alcance dos olhos.
Em seu coração, um porto seguro espera
Um refúgio para ancorar suas tempestades.

A cada chegada, um suspiro de alívio.
O porto abraça o marinheiro cansado,
Enquanto ele desembaraça as velas,
Esvaziando-se das agruras da jornada.

Mas como a lua que guia as marés,
O marinheiro não pode permanecer para sempre,
Pois o chamado do oceano é irresistível
E o desejo de explorar é insaciável.

Com lágrimas como gotas de chuva,
O porto testemunha sua partida,
Enquanto o marinheiro se lança de novo no mar
Em busca de aventuras que o coração anseia.

Mesmo nas distâncias geográficas desconhecidas,
O porto permanece como uma estrela guia,
Um farol de esperança e amor,
Que ilumina o caminho de volta para casa.

E quando as noites são longas e solitárias,
O marinheiro fecha os olhos e se agarra à saudade.
É ela que o conecta o lugar que chama de lar
Ao porto onde a alma encontra paz.

CORREDORES SOMBRIOS

No silêncio profundo da noite, os sussurros do passado passeiam suavemente pelos corredores sombrios da minha mente. Neles, testemunho o que vi e o que não fiz, momentos que me escaparam entre os dedos como areia fina.

No escuro da memória, há sombras que se agitam, lembranças que contorcem feito fantasmas inquietos. São resquícios de escolhas não feitas, palavras não ditas, amores não vividos.

Mas no âmago dessa escuridão, vislumbro uma luz tênue, uma promessa de redenção. Pois mesmo nas profundezas do meu ser, há uma centelha de esperança, uma voz que clama por perdão e renovação.

Entre o sussurro do vento e o silêncio da noite, ergo-me para enfrentar desafios que o amanhã trará. No confronto com o passado é que encontro forças para moldar o futuro, transformo com maestria o que poderia ter sido no que será.

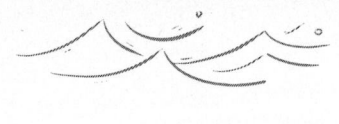

SECRETO

Dentro de mim, em um recanto sagrado em que não há limites ou amarras, a imaginação levanta voo, e lá existe o lugar dos sonhos. Um refúgio encantado no qual a realidade se transforma em fantasia e cada pensamento é uma estrela cadente a iluminar o céu da minha mente.

Nesse lugar secreto, as montanhas são feitas de esperança, os rios fluem com as águas da inspiração e os bosques são habitados pelas criaturas mágicas. É onde os sonhos nascem, crescem e florescem, alimentados pela luz da minha própria alma.

No lugar dos sonhos, sou livre para explorar terras distantes e mundos imaginários, para dançar com as estrelas e conversar com a lua. Lá, as possibilidades são infinitas e os milagres são cotidianos, cada passo é uma descoberta e cada suspiro é uma canção de gratidão.

Que eu sempre me lembre de que o lugar dos sonhos existe dentro de mim, um santuário de paz e criatividade, um farol de esperança em meio à escuridão. Pois é lá que encontro coragem para enfrentar os desafios da vida e acessar a sabedoria para abraçar a magia de cada momento.

DIA DE FESTA

No dia de festa, é quando visto minha melhor roupa e adorno meu sorriso mais verdadeiro. Sinto o espírito de alegria me chamar para dançar ao som de uma encantadora melodia. É momento de celebrar amizades que se tornam mais brilhantes, e os laços se fortalecem no calor da camaradagem.

Cada passo é uma expressão de gratidão pela vida e pelas preciosas conexões. As ruas ganham vida com cores vibrantes, risos contagiantes, enquanto o tempo parece se deter, permitindo que cada momento seja apreciado em sua plenitude.

É nesse instante que noto que a verdadeira riqueza da vida reside nas experiências compartilhadas e nas memórias construídas. Os abraços são mais calorosos, as risadas mais sinceras e os olhares mais repletos de ternura.

No dia de festa, as preocupações se dissolvem como neblina ao sol, e sou envolvido por uma aura de felicidade e harmonia. É como se todo o universo me presenteasse com momentos de magia e encantamento.

De repente, o tempo para, percebo que o tempo parou, congelando instantes de pura felicidade que guardarão um lugar especial para sempre no meu coração. Pois, no dia de festa, descubro que a beleza mora na simplicidade de compartilhar, em que o tempo para e o coração pulsa em sintonia com a melodia da vida.

CAPÍTULO

3
O silêncio dos poetas

TERCEIRO ATO

Na maturidade da vida, nós, os poetas, encontramos um refúgio tranquilo no silêncio das palavras não ditas. Na sala de aula, agora transformada em um santuário de sabedoria, revisito em minhas memórias aquela Professora que se tornou mentora discreta, cujo olhar atento é capaz de decifrar os segredos mais profundos da minha alma adulta.

Os versos, antes tempestuosos e impetuosos, agora se transformam em um toque suave, como um sussurro do vento nas folhas de outono. Cada palavra é pesada e medida com cuidado, como uma joia preciosa a ser polida com esmero.

A poesia, outrora companheira de aventuras, torna-se agora sábia conselheira, cujas lições são aprendidas não apenas nas palavras escritas, mas também no silêncio eloquente entre elas. O poeta que mora em mim contempla o mundo com olhos serenos, encontrando beleza nas pequenas coisas e significado nas experiências mais simples.

Entre as linhas dos meus poemas, traço um mapa do tempo, marcando cada momento com a tinta indelével da memória. Cada verso é um testemunho da jornada vivida, um registro dos amores perdidos e dos sonhos realizados.

 E, assim, na calma serena da minha própria existência, encontro alento nas palavras, nos versos e nas rimas que me guiam como navegante perdido de volta ao porto seguro da minha alma. E no silêncio profundo das minhas palavras, ouço a voz eterna da humanidade, contando segredos antigos e verdades eternas para aqueles que têm ouvido para ouvir.

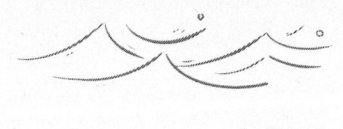

MEDO

No peito, o medo espreita, sombrio.
Mas, na alma, a coragem brilha, desafio.
Entre trevas e luz, a jornada é breve.
Vencer o medo é encontrar-se leve.

REINVENTAR

Em meio às sombras do que já se foi,
A luz da reinvenção brilha com esplendor.
É um renascer constante, um novo coração batendo.
Em cada passo, uma jornada de descoberta.

Não há amarras que nos prendam ao passado.
Somos livres para nos reinventar a cada momento.
É um caminhar de autodescoberta e transformação
Em que nos tornamos quem desejamos ser.

Na tela em branco da vida, escrevemos nossa história,
Com pinceladas de cor e traços de determinação.

Somos autores da nossa própria narrativa
E nossa reinvenção é a nossa mais bela obra de arte.

AMOR

O amor transcende a linguagem.
É um elo invisível que une alma e imagem.
Na simplicidade do estar, ele floresce.
Em cada momento, ele permanece.

É um oceano calmo e profundo
No qual mergulhamos sem medo do mundo.
No toque suave, na pele que arde,
O amor se encontra na sua verdade.

RETILÍNEO

Linhas se cruzam, significados se misturam,
Mistérios se espalham, difíceis de capturar.
Fragmentos de ideias flutuam pelo ar,
Um quebra-cabeça caótico difícil de decifrar.

Na confusão das emoções, busco um fio de clareza,
Mas me perco nas dobras do tempo, na incerteza.
Caminho por corredores sem fim, na escuridão.
Num caos intenso, uma constante confusão.

Na mente labiríntica, ressignificados surgem.
Caminho por entre curvas, rumo ao desconhecido,
Desvendando segredos, enquanto o tempo urge.
E na transformação, encontro meu sentido.

LINHAS

Linhas que traçam o contorno do sentir,
Expressando o inexprimível, deixando-o fluir.
Encontro do real com o imaginário,
Em que o pensamento voa livre, vez solitário.

Cada métrica é um convite ao sonhar,
Um convite a mergulhar nas profundezas do pensar.
A magia das sílabas que se encontram,
Criando imagens que nos abraçam.

CAFÉ

No aroma do café, encontro abrigo.
Na xícara quente, um convite.
Cada gole é um refúgio,
Um aconchego ao qual me entrego.

Na alma, reside um suspiro,
É a saudade que habita, um sentimento.
Como brisa suave sussurra ao vento,
Minhas recordações inundam o sonhar.

Saudade doce e amarga em sua essência.
Mas no tecido do tempo, o sabor se entrelaça
Com a velha esperança que não se apaga.

UM LINDO ACORDE

No suave acorde da melodia,
Acorda a alma em doce alegria.
Em cada nota, um suspiro de emoção
Que toca dentro do coração.

A canção é como um perfume no ar,
Evolve os sentidos, fazendo-nos sonhar.
Cada nota é um aroma a nos embalar
Numa viagem sem fim a nos levar.

O perfume da música é como um abraço,
Acalenta a alma em seu espaço.
É o toque suave que acalma a dor.
Ela nos transporta para além do amor.

No baile da vida, a música é o fio condutor
Que nos guia com ternura e candura.
É o laço invisível que nos une na canção
E nos leva ao êxtase da criação.

TEMPO

O tempo é um rio incessante.
O tempo flui sem pressa, sem instante.
Escorre entre os dedos, sem se importar.
Sem forma, sem fronteira, sem sina, sem parar.
Navego em suas águas, sem destino ou rumo,
Enquanto ele me leva num eterno prumo.

EU ME LEMBRO

Na eternidade das lembranças, a saudade se faz poesia.
Uma recordação suave dos momentos que um dia foram nossa alegria.
No coração, o amor que acabou deixa suas marcas profundas.
Mas as lembranças são como as estrelas, sempre brilhantes e fecundas.

Em cada lembrança, um sorriso, um toque, um olhar.
Momentos inesquecíveis que jamais vão se apagar.
Nossos passos entrelaçados deixaram marcas na estrada.
E mesmo que o amor tenha partido, a saudade é nossa morada.

ÁRIDO PASSADO

No árido passado, em que o sol queima a terra,
Caminhamos sob um sol amarelo, numa jornada incerta.
O calor nos consome, tornando a trajetória penosa,
Num deserto de incertezas, no qual cada passo é doloroso.

O amarelo que domina é a cor da esperança ausente,
Num cenário de desolação, em que o futuro é inclemente.
O ar quente nos sufoca, roubando-nos o fôlego,
E o medo nos assalta num cenário tão desprego.

Mas no passado difícil, há também lições a colher.
Em meio ao árido, podemos aprender a viver.
É na adversidade que crescemos e nos fortalecemos.
E mesmo diante do espanto, renasceremos.

DIA SANTO

Em dia santo, a árvore ergue seus galhos ao céu.
É uma testemunha silenciosa do eterno renascer.
Das sombras da noite, surge a aurora radiante.
E na luz do dia, a beleza se faz vibrante.

Nascer é um ciclo, um ritual sagrado.
Em que cada novo dia é um presente, um legado.
A árvore com seu vigor nos ensina a renascer
A cada estação e a cada ciclo florescer.

Cuidado é a essência que nutre a vida,
Como a água que sacia a sede.
É com zelo que protegemos cada folha, cada ramo.
Pois na árvore encontramos a razão de nosso existir.

Que possamos contemplar a beleza da criação,
Que em cada árvore encontremos a lição
Do renascimento contante,
Da eterna conexão.

QUANDO EU NÃO ERA NINGUÉM

Quando eu não era ninguém,
Era como uma folha ao vento,
Sem rumo, sem destino,
À mercê do tempo.

Sem nome, sem história,
Um nada no vazio
Em busca de significado
Num mundo tão sombrio.

Mas antes de ser conhecido,
Eu já era alguém, já existia.
Pois no meu coração pulsava vida
E na minha alma, poesia.

A MOÇA NO VAGÃO

No vagão do trem, entre o rangido dos trilhos e as tantas vidas que repetem o comum, ele se encontra: um homem solitário, mergulhado nos seus próprios pensamentos. E, então, como um raio em uma manhã nebulosa, numa aparição etérea, ela passa. Uma mulher cuja beleza transcende feito uma melodia suave, cujos olhos cativantes refletem mistérios insondáveis e cujo sorriso ilumina a carruagem. Ele nunca ouviu sua voz, não sabe seu nome, mas no instante em que a viu, naquele momento fugaz, em uma fração de tempo, assistiu à sua vida de incertezas se dissipar, deixando apenas uma certeza.

E então ela se vai, uma miragem indelével na paisagem em movimento, mas, ali, naquele instante, o homem entendeu que a vida inteira valeu a pena pelo simples fato de tê-la visto...

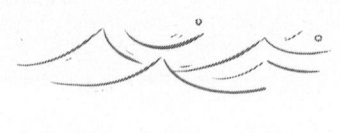

QUEM SOU EU?

Sinto que tenho tão pouco tempo, quem sou eu?
Sou feito de sonhos, um grito nas montanhas,
passos incertos...
No relógio da vida, vejo os ponteiros girarem,
Um peregrino em busca do que se deve.

Sou feito de memória e de momentos singulares.
Quem sou eu neste instante tão efêmero?
Sou a soma de experiências e aprendizados,
Um eterno buscador de significados.

Mesmo com o tempo que se esvai,
Sou quem sou, hoje e para sempre.
Sou o que faço, o que sinto, o que desejo.
Sou reflexo do meu ser, neste mundo complexo.

DOCE SENHORA

Na brisa suave do tempo passado,
Entre memórias de um mundo vivido,
Havia entre nós uma doce senhora.
Em seu afeto, o coração aquecido.

Seus olhos, espelhos da pureza,
Refletem a bondade que carrega.
Em cada gesto, uma gentileza.
Na alma de todos, eterna.

Seu abraço, doce como mel,
Transborda afeto, calor e cuidado.
Em suas mãos, o toque de um céu,
Em que o amor é eterno e consagrado.

É tão querida, guia da jornada.
Teço versos em sua doce lembrança.
Que sua luz, sempre iluminada,
Dentro das nossas almas faça sua morada.

IMPERFEITO

Moro em um mundo onde a pressão da conformidade obscurece a individualidade.
Mora em mim uma expressão única e autêntica da vida.
Minhas experiências, perspectivas e dons singulares ofereço ao mundo.
Permaneço fiel, honrando minhas verdades interiores e abraçando a autenticidade.
Abraço a literatura e mergulho profundamente na plenitude da existência.
Encontro paz e contentamento na simplicidade da vida cotidiana.
Isso me basta.

VELHA ESTRADA

O homem da estrada vem cansado.
Seus passos marcados pelo tempo e pela dor,
Mas em seu olhar ainda brilha a pureza.

Carrega consigo as marcas da jornada,
As histórias de encontros e despedidas,
Mas também a inocência que o mundo não conseguiu roubar.

Seus pés descalços tocam a terra com reverência.
E em cada grão de areia encontra um pedaço de si mesmo.
Um lembrete da simplicidade que o coração guarda.

É na estrada que ele encontra a liberdade.
E na pureza de seu espírito errante
Que encontra a verdadeira riqueza da vida.

ME VEJO

No rosto, marcas do tempo se desenham,
Rugas que contam histórias sem pressa.
Cansado, o olhar reflete jornadas vividas,
Herança dos ancestrais, na alma impressa.

Nas linhas, vejo o caminho percorrido.
Cada marca é um capítulo escrito.
Me enxergo, me faço, sou
Fruto dos tempos que tenho seguido.

São as rugas que contam segredos antigos,
Memórias gravadas em sulcos abrigos.
No rosto cansado, há uma história a ser lida.
Sou a soma dos tempos na minha própria vida.

GUARDADO EM MIM

Guardo em mim os segredos do tempo,
Como páginas de um livro não lido.
Cada linha, cada palavra, um momento,
No silêncio da alma, em que o passado se esconde.

São segredos que sussurram ao vento,
Memórias que existem nos recantos mais profundos.
Guardados com zelo, como tesouros em um manto,
São parte de mim, são laços invisíveis e fecundos.

Nas dobras da minha existência, repousam quietos
Testemunhas silenciosas das minhas vivências.
Guardo em mim os segredos,
Como um sábio em seus aposentos.
São parte do que sou, são minhas essências.

SANTA BÁRBARA

Santa Bárbara, guardiã dos raios,
Na imensidão dos céus, tua presença resplandece.
Em cada trovão, teu poder se faz canto.
E a chuva que desce, tua bênção nos aquece.

Entre relâmpagos e trovoadas,
Teu nome ecoa, forte e belo.
Em cada gota que cai, a chuva abençoada.
E as rosas vermelhas, em teu louvor, desvelo.

Oh, Santa Bárbara, protetora dos corações aflitos,
Nas tempestades da vida, és nosso abrigo.
Com tuas rosas vermelhas, amor infinito.
E teu poderoso raio, nosso destino.

Na chuva que purifica, tua graça se manifesta.
E entre as pétalas rubras, tua força irradia.
Santa Bárbara, em ti nossa fé se resta.
E em cada chuva, tua proteção nos guia.

Entre raios, chuvas e rosas vermelhas
Te louvamos, Santa Bárbara, com fervor.
Em tua divina presença, a esperança se revela.
E em teu nome, encontramos paz e amor.

LOBO

Um lobo solitário, de pelagem escura como a noite,
Ergue-se sob o brilho da lua branca.
Seus olhos refletindo a sabedoria antiga das terras selvagens,
Ele caminha com graça silenciosa.
Seu passo firme traduz a harmonia da natureza,
Seu uivo caminha invisível pela floresta, uma canção ascendente.
Canção que ressoa nas almas dos que o ouvem,
Conectando-os à essência selvagem do mundo.
À medida que a noite avança, ele se torna guardião das sombras,
Vigilante sob o manto estrelado do céu.
Seus sentidos aguçados captam cada movimento na escuridão, vigilante, atento.
Seu legado perdura, entrelaçado com a magia da noite,
Enquanto ele aguarda o retorno da lua
Envolto em mistérios silenciosos.

QUANDO FUI RIO

Mergulho nas águas tumultuosas da juventude,
Carrego memórias e marcas.
Como um rio, fluo através das altas e dasbaixas marés.
Sou resiliente,
Encontro beleza onde quero.
Como um rio, continuo a moldar e permito-me ser moldado.
Vivo em busca de novos horizontes e significados,
Sou o completo ressignificado.
Continuo a fluir como a correnteza da vida.
Abraço possibilidade,
Renovo-me.

TURVA VISÃO

Me vejo e não me enxergo, é como vaguear por entre sombras.

Me perdi na penumbra da própria existência.

Sinto a presença, mas ignoro a essência.

Deixo escapar a verdadeira beleza que reside além da superfície.

Olho para um espelho embaçado e não reconheço o reflexo.

Ignoro a profundidade dos sentimentos e a complexidade da alma.

É um lembrete de que, por vezes, a visão é limitada pela mente.

Só quando abro os olhos do coração, posso verdadeiramente me ver e enxergar como estou, como sou, como prevaleço.

FORASTEIRO

Nas asas da curiosidade, desbravo novas terras,
Mergulho em mundos desconhecidos além das fronteiras familiares.
A cada passo, minha jornada de descoberta, um convite.
Exploro culturas diversas e paisagens exóticas.
Ando pelos países e abro portas da mente para o inexplorado.
Abraço o desconhecido com coragem e irmandade.
Sob céus estrangeiros, não encontro apenas novos horizontes geográficos, mas novas perspectivas sobre a vida e o mundo que habitamos.
Exploro outras terras e amplio os limites da compreensão, descubro que no vasto mundo que me rodeia sempre há mais para aprender e admirar.
O mundo é grande e possível, sinto que a maior das viagens foi a que fiz para dentro de mim.

MEMÓRIAS

Em uma xícara de café, navego no tempo.
Volto a um lugar que já se desfez em cinzas
Onde as lembranças tecem seu lento lamento
E o coração se enche de antigos matizes.

Entre vapores de aroma e nostalgia,
Me perco nas ruas que já não existem mais.
Cada gole é uma viagem, uma fantasia
Em um mundo que vive apenas no imaginário.

As memórias dançam ao redor da xícara,
Como fumaça que se eleva ao céu.
Revivo momentos, cada sorriso, cada cara
Nesse lugar que agora é só um papel.

E, assim, com o café como guia e companheiro,
Viajo pelas estradas da minha mente,
Visitando um mundo que já foi inteiro
E, nele, encontro a paz que a alma sente.

O QUE VI DA VIDA

No espelho da vida, vi o tempo amarrar linhas marcantes, transformando sonhos em memórias e desafios em sabedoria.

Envelheci e abracei as rugas do tempo como marcas de tudo vivido com intensidade.

Compreendi que a verdadeira essência perdura além das estações passageiras da existência.

Na história que deixei para trás, meus feitos ressoam como sussurros eternos.

Sei que mesmo após o fim da jornada, meu legado continua a inspirar e moldar o destino de futuras gerações.

Compreendo que a verdadeira imortalidade reside não na eternidade do meu corpo, mas na perenidade dos valores que defendi na vida e nos corações que toquei ao longo do caminho.

PENUMBRA

Na penumbra da noite, sob o véu das lágrimas do céu, o frio abraçava minha solidão. Era tarde, tão tarde que até o tempo parecia ter se escondido. Nas ruas vazias, o som da chuva, como um lamento uníssono com o meu coração solitário. No silêncio úmido, eu me encontrava, envolto pela névoa dos meus pensamentos, perdido entre lembranças e desejos. Na solidão da noite, no aconchego do frio, descobri a companhia mais fiel: a minha própria. Entre pingos de chuva no asfalto, encontrei a serenidade de estar só, não solitário. O frio que me envolvia era como um abraço, uma lembrança de que ainda estava vivo, ainda sentia. Na escuridão da madrugada, encontrei a luz da minha própria essência, uma chama que ardia na mais profunda escuridão. E, ali, na solidão da noite chuvosa, percebi que nunca estive verdadeiramente sozinho, pois carregava dentro de mim o calor da minha própria existência.

MUNDO REAL

Na amplidão do universo da criação, a arte me salva. É como um farol que guia minha alma perdida nas sombras da existência. A escrita é minha bússola, navegando pelos mares tumultuados dos pensamentos e das emoções. Na literatura, refúgio e inspiração, folheando páginas que são portais para mundos desconhecidos e mundos inexplorados.

Cada palavra que brota da minha mente é um grito de liberdade, uma expressão autêntica do meu ser. Na criação, encontro a voz que ecoa além das fronteiras do tempo e do espaço. É o meu manifesto de existência, uma afirmação ousada de que eu sou mais que meras palavras e linhas traçadas no papel.

Eu sou isto: a fusão de sonho e realidade, de caos e ordem, de loucura e razão. Na arte, na escrita, na literatura, encontro a plenitude de ser quem sou, sem amarras ou limitações. E, assim, através da criação, eu me torno livre para explorar os recantos mais profundos da minha própria alma, desvendando os mistérios que habitam dentro e além de mim.

EU FUI FELIZ

Na quietude dos meus pensamentos, sinto uma melancolia suave pairar sobre minhas lembranças. Como se eu pudesse tocar as memórias que se desdobram diante de mim, como páginas amareladas de um livro antigo.

Eu acho que fui feliz. Essa frase permanece em mim, reverberando como um barulho distante. Recordo-me de tempos passados, em que a inocência era minha companheira constante e os sonhos eram tecidos com fios dourados de esperança.

Habitavam-me todos os sonhos do mundo, como estrelas cintilantes no céu da minha imaginação. Cada desejo, cada aspiração, era um convite a explorar horizontes desconhecidos, para voar além das fronteiras da realidade.

E mesmo agora, envolto pelas sombras do presente, encontro conforto na lembrança da felicidade que um dia foi minha. Porque, no fim das contas, é nas lembranças dos momentos felizes que encontramos a força para continuar, mesmo quando a vida nos lança à deriva. Eu acho que fui feliz, e talvez seja o suficiente.

LÚDICO

Na imensidão dos meus devaneios, encontro refúgio das amarras da realidade. Não é a vida como ela é que me comove, mas, sim, o universo que eu crio dentro de mim. É lá, nas fronteiras do imaginário, que encontro minha morada.

Amo o que eu invento, histórias que se entrelaçam na imaginação. É como se cada palavra, cada cena, cada personagem fosse uma extensão de mim mesmo, um reflexo de anseios profundos e de sonhos ousados.

O lúdico me atrai como um ímã, um convite a explorar territórios inexplorados e a dançar com as estrelas no firmamento da fantasia. É lá, no inalcançável, que encontro a verdadeira liberdade, na qual não há limites ou barreiras para a imaginação.

Sou quem eu quiser, do jeito que eu quiser, navego pelos mares turbulentos dos meus desejos mais profundos. Na arte de ser livre, de ser louco, encontro a plenitude de ser simplesmente eu mesmo, em toda a minha grandiosidade e imperfeição. É nesse mundo que eu invento, sou o arquiteto do meu próprio destino, encontro a realização, em que cada sonho é uma realidade e cada pensamento, uma conquista.

O POETA E A MENTIRA

Na verdade das palavras ditas, sou um poeta que vagueia entre versos e mentiras, navego em mares perigosos da minha própria criação. Minha pena é uma espada afiada, cortando a verdade em fragmentos que se perdem na obscuridade dos meus enganos. Cada estrofe é um labirinto de ilusões, em que a realidade se dissipa como neblina ao amanhecer.

Brinco entre as camadas da minha própria ficção, crio universos de fantasias nos quais a mentira se disfarça de poesia. Meu coração é vazio, canção desafinada que é silenciada em paredes frias da minha alma. Eu me perco nas entrelinhas do meu próprio engano, procuro refúgio na falsa beleza das minhas criações.

Mas, apesar das sombras que me cercam, há uma melancolia oculta em minhas palavras, uma tristeza solitária que permeia cada verso. Por trás das mentiras que costuro, há uma busca desesperada por redenção, um anseio por encontrar a verdade perdida nas teias da minha própria decepção.

Sou um poeta que mente e continuo meu balé solitário, caminho na corda bamba entre a realidade e a ilusão, espero um dia encontrar a luz que dissipe as sombras dos meus enganos. Ainda que nas mentiras que conto haja uma faísca de honestidade que aguarda ser descoberta, uma verdade oculta entre os escombros das palavras.

CORAÇÃO PIRATA

No horizonte do mar calmo, em que as ondas sussurram segredos, navega um coração pirata. Uma alma destemida, capitão de suas escolhas, ele desafia as correntes do seu próprio destino. Seu barco como extensão de sua essência, corta as águas serenas em busca de tesouros pedidos e aventuras sem fim. Sob o brilho da lua, ele traça seu curso, guiado pela bússola da paixão e pela promessa de liberdade, que só o oceano pode oferecer. O coração pirata desafia as regras estabelecidas, navegando entre as sombras da noite, pronto para conquistar novos horizontes e escrever sua própria lenda nos confins do desconhecido.

MINHA ARTE

A verdade da minha arte é a profundidade. Um grito íntimo que ressoa nas entranhas da criação. É mais do que pinceladas sobre tela, mais do que palavras entrelaçadas em versos. É a expressão pura da minha essência, o reflexo da minha jornada interior.

Cada palavra, cada verso, carrega consigo a sinceridade da minha alma, imbuída de emoções que transbordam do meu ser. No papel em branco, manifesto minhas alegrias e dores, minhas dúvidas e certezas. Nas letras entrelaçadas, revelo os mistérios do meu universo interior, os sonhos que moldam minha realidade.

A verdade da minha arte não busca aprovação externa, não se curva aos caprichos do mundo. Ela reside na autenticidade do meu ser, na entrega total ao processo criativo. É um chamado que transcende tempo e espaço, uma voz que permanecerá na eternidade da expressão humana.

A verdade da minha arte é meu rigor, minha guia na busca incessante pela beleza, pela compreensão e pela conexão com o mundo ao meu redor. É meu legado, minha contribuição para a existência, uma luz que brilha mesmo nas sombras mais densas da vida.

SOU UM POETA

Sou um poeta, um artesão das palavras, um tecelão de sonhos que tece versos com fios de emoção e tinta da alma.

Minha caneta é a minha espada, e as páginas em branco são o meu campo de batalha, onde travo duelos épicos com as sombras da inspiração.

Cada palavra que escorre da ponta da minha pena é uma nota em uma sinfonia celestial, um misto de significados. Sou um guardião das histórias não contadas, um arauto dos sentimentos mais profundos, um mensageiro das verdades mais íntimas.

Minhas metáforas são flechas que perfuram o véu da realidade, revelando os segredos escondidos sob sua superfície.

Sou um alquimista das letras, transformando a dor em poesia, a alegria em prosa e a melancolia em versos que transcendem pela eternidade.

Sou um contador de histórias, um contador de verdades, um contador de sonhos. Pois no coração de cada poema, reside a esperança de um mundo melhor, no qual palavras têm o poder de curar, de inspirar e de me lembrar que, apesar de toda adversidade, há beleza neste mundo caótico que habito.

O TREM DA MINHA VIDA

Lá vai o trem da minha vida, serpenteando pelos trilhos do tempo, guiado pela incerteza e pela promessa do amanhã.

Cada estação é um poema em si, um momento de partida e chegada, em que memórias se esbarram em sonhos e o passado se dissolve diante do horizonte que se descortina.

Na estação da infância, os trilhos eram de brinquedo, e a inocência fluía como um rio na imaginação. No entanto, logo o trem partiu, levando-me para a estação da juventude, em que desafios e descobertas faziam morada.

Em seguida, veio a estação da paixão, onde corações batiam ao ritmo dos trilhos, promessas eram feitas com o testemunho das estrelas. Mas o trem não parou, continuou sua jornada implacável, levando-me para a estação da dor, na qual lágrimas eram o conforto.

Entretanto, mesmo nos momentos mais sombrios, sempre houve ao longe uma luz, uma estação de esperança, onde o trem da minha vida encontraria refúgio. E, assim, mesmo quando os trilhos pareciam desvanecer no horizonte, a certeza de que cada estação era apenas uma parada passageira me impelia a seguir.

E, agora, enquanto observo o trem da minha vida seguir adiante, rumo ao que não conheço, percebo que cada estação foi uma fração essencial da minha estrada, cada parada uma lição, cada partida uma oportunidade. E enquanto o trem desaparece no horizonte, eu sigo em frente, pronto para abraçar o próximo capítulo desta viagem extraordinária chamada vida.